KB272594

나도야 간다

한 국 대 표
명 시 선
1 0 0

박 용 철

나도야 간다

시인생각

2

1

떠나가는 배

나 두 야 간다
나의 이 젊은 나이를
눈물로야 보낼 거냐
나 두 야 가련다

아늑한 이 항군들 손쉽게야 버릴 거냐
안개같이 물 어린 눈에도 비치나니
골짜기마다 발에 익은 묏부리 모양
주름살에도 눈에 익은 아— 사랑하던 사람들

버리고 가는 이도 못 잊는 마음
쫓겨가는 마음인들 무어 다를 거냐
돌아다보는 구름에는 바람이 희살짓는다
앞 대일 언덕인들 마련이나 있을 거냐

나 두 야 가련다
나의 이 젊은 나이를
눈물로야 보낼 거냐
나 두 야 간다

이대로 가랴마는

설만들 이대로 가기야 하랴마는
이대로 간단들 못 간다 하랴마는

바람도 없이 고이 떨어지는 꽃잎같이
파란 하늘에 사라져버리는 구름 쪽같이

조그만 열로 지금 수떠리는 피가 멈추고
가는 숨길이 여기서 끝맺는다면—

아— 얇은 빛 들어오는 영창 아래서
차마 흐르지 못하는 눈물이 온 가슴에 젖어나리네

고향

고향은 찾아 무얼 하리
일가 흩어지고 집 흐너진 데
저녁 까마귀 가을 풀에 울고
마을 앞 시내도 옛 자리 바뀌었을라.

어린 때 꿈을 엄마 무덤 우에
남겨두고 떠도는 구름 따라
멈추는 듯 불려 온 지 여남은 해
고향은 이제 찾아 무얼 하리.

하늘가에 새 기쁨을 그리어 보랴
남겨 둔 무엇이길래 못 잊히우랴
모진 바람아 마음껏 불어쳐라
흩어진 꽃잎 쉬임 어디 찾는다냐.

험한 발에 짓밟힌 고향 생각
─아늑한 꿈엔 달려가는 길이언만─
서로의 굳은 뜻을 남께 앗긴
옛사랑의 생각 같은 쓰린 심사여라.

밤기차에 그대를 보내고

1

온전한 어둠 가운데 사라져버리는
　　한낱 촛불이여.
이 눈보라 속에 그대 보내고 돌아서 오는
　　나의 가슴이여.
쓰린 듯 비인 듯한데 뿌리는 눈은
　　들어 안겨서
발마다 미끄러지기 쉬운 걸음은
　　자취 남겨서.
머지도 않은 앞이 그저 아득하여라.

2

밖을 내어다보려고, 무척 애쓰는
　　그대도 설으렷다.
유리창 검은 밖에 제 얼굴만 비쳐 눈물은
　　그렁그렁하렷다.
내 방에 들면 구석구석이 숨겨진 그 눈은
　　내게 웃으렷다.

목소리 들리는 듯 성그리는 듯 내 삶은
        부대끼럿다.
가는 그대 보내는 나 그저 아득하여라.

        3

얼어붙은 바다에 쇄빙선같이 어둠을
        헤쳐나가는 너.
약한 정 후리쳐 떼고 다만 밝음을
        찾아가는 그대.
부서진다 놀래랴 두 줄기 궤도를
        타고 달리는 너.
죽음이 무서우랴 힘 있게 사는 길을
        바로 닫는 그대.
실어가는 너 실려가는 그대 그저 아득하여라.

        4

이제 아득한 겨울이면 머지 못할 봄날을
        나는 바라보자.

봄날같이 웃으며 달려들 그의 기차를
　　나는 기다리자.
'잊는다' 말인들 어찌 차마! 이대로 웃기를
　　나는 배워보자.
하다가는 험한 길 헤쳐가는 그의 걸음을
　　본받아도 보자.
마침내는 그를 따르는 바람이라도 되어 보리라.

싸늘한 이마

큰 어둠 가운데 홀로 밝은 불 켜고 앉아 있으면 모두 빼
앗기는 듯한 외로움
한 포기 산꽃이라도 있으면 얼마나한 위로이랴

모두 빼앗기는 듯 눈덮개 고이 나리면 환한 원몸은 새파
란 불붙어 있는 인광燐光
까만 귀뚜리 하나라도 있으면 얼마나한 기쁨이랴

파란 불에 몸을 사르면 싸늘한 이마 맑게 트이어 기어가
는 신경의 간지러움
길 잃은 별이라도 맘에 있다면 얼마나한 즐검이랴

만폭동萬瀑洞

백만 소리 속에
너는 또 그 속 고요를 지켜.

털끝만한 움직임
웃어보임 없으나

영원한 멜로디로
너는 흔들리우고

그윽한 웃음
네 모습에서 풍기어난다,

걸친 거 없이
천연스러운 너.

빛깔도
너를 가리지 않아

안에서 스스로 트이고
시울다아 아니 넘는다.

형상形象을 짓지 않는다
너는 통이 정신精神.

너는 부드럽고
너는 자랑 없다.

비

비가 조록조록 세염없이 나려와서…
쉬일 줄도 모르고 일도 없이 나려와서…
나무를 지붕을 고만이 세워놓고 축여준다…
올라가는 기차 소리도 가즉이 들리나니…
비에 흠출히 젖은 기차 모양은 애처롭겠지…
내 마음에서도 심상치 않은 놈이 흔들려 나온다…

비가 조록조록 세염없이 흘러나려서…
나는 비에 흠출 젖은 닭같이 네게로 달려가련다…
물 건너는 한 줄기 배암같이 곧장 기어가련다…
감고 붉은 제비는 매끄름히 날아가는 것을…
나의 마음은 반득이는 잎사귀보다 더 한들리어…
밝은 불 켜놓은 그대의 방을 무연히 싸고돈단다…

나는 누를 향해 쓰길래 이런 하소를 하고 있단가…
이러한 날엔 어느 강물 큰애기 하나 빠져도 자취도 아니 남을라…
전에나 뒤에나 빗방울이 물낯을 튀길 뿐이지…
누가 울어보낸 물 아니고 섥기야 무어 설으리마는…

저기 가는 나그네는 누구이길래 발자취에 물이 괸다니…
마음 있는 듯 없는 듯 공연한 비는 조록조록 한결같이 나
리네…

선녀仙女의 노래

> ― 눈물짓지 마, 눈물짓지 마,
> 꽃은 새해에 다시 피려니. ―키츠

느릿한 나래질로 나는 공중 떠다닌다.
끝없는 시냇물은 흘러흘러 나려간다.

젊은이야 가슴 뛰어 하지 마라.
저기 파란 휘장 드린 밝은 창이 반쯤만 열려졌음 너를 기
다림이라고
…느릿한 나래질로 나는 공중 떠다닌다.

젊은이야 가슴 죄어 하지 마라.
달을 잠근 맑은 새암 같은 눈이
곤웃음 지어보냄 너를 괴려함이라고
…끝없는 시냇물은 흘러흘러 나려간다.

너로 해서가 아니란다 내 아이야

탐스러운 한 숭어리 모란꽃은
네 눈 기뻐하렴인 줄 믿지 마라
지나는 나비 하나 어느 결에 품에 든다.
…느릿한 나래질로 나는 공중 떠다닌다.

솔잎 사이 지저귀는 미영새를
네 귀 맞춘 노래인 줄 알지 마라.
둘(이) 만나 깃 부딪히며 건넛골로 사라진다.
…끝없는 시냇물은 흘러흘러 나려간다.

알아라 내 아이야 너로 해서가 아니란다.
…끝없는 시냇물은 흘러흘러 나려간다.

아 그런 줄 알았거든 그러한 줄 알았거든
머리 들어라! 눈물에 씻긴 얼굴
깊은 물 속 헤어나온 얼굴같이
엄숙하게 전에 없던 빛나려니
내 아이야 외롬 참고 사는 줄을 배워라.

느릿한 나래질로 나는 공중 떠다닌다
끝없는 시냇물은 흘러흘러 나려간다.

소악마 小惡魔

내 심장은 이제 몹쓸 냄새를 뿜으며
가마 속에서 끓어오르는 콜타르 모양입니다.

가즉이 들리는 시냇물소리도 귀찮고
개구리울음은 견딜 수 없이 내 부아를 건드립니다.
내가 고개 숙이고 들어가지 아니치 못할
저 숨 막히는 초가지붕을 생각코
나는 열 번이나 돌쳐서 나무칼을 휘둘러서는
애문 풀잎사귀를 수없이 무찌릅니다.

비웃어주는 별들도 숨어버리고
반 넘은 달이 구름에 싸여 희미합니다.
힘없는 조으름이 왼 나라를 다스리고
배고픔이 날랜 손톱으로 판장을 긁을 뿐입니다.

지리한 장마 속에 귀한 감정은 탕이가 피고
요행히 어리석음에 등말을 타고 돌아다녀서
난쟁이가 재주란답시 뒤궁그르면
당나귀의 무리는 입을 헤벌리고 웃습니다.

이러한 공격을 내가 어떻게 더 계속하겠습니까.
이제 내 감정은 짓부비어 팽개친
종이 부스러기 꼴이 되어 버려져 있습니다.

어디로

내 마음은 어디로 가야 옳으리까
쉬임없이 궂은비는 나려오고
지나간 날 괴로움의 쓰린 기억
내게 어둔 구름 되어 덮이는데.

바라지 않으리라던 새론 희망
생각지 않으리라던 그대 생각
번개같이 어둠을 깨친다마는
그대는 닿을 길 없이 높은 데 계시오니

아— 내 마음은 어디로 가야 옳으리까.

2

비 나리는 날

세염도 없이 온 하루 나리는 비에
내 맘이 그만 여위어 가나니
아까운 갈매기들은 다 젖어 죽었겠다

시집가는 시악시의 말

나는 이제 가네.
눈물 한 줄도 아니 흘리고 떠나가려네.

어머니 치마로 눈을 가리지 마세요.
너희들도 다 잘 있거라.
새벽빛이 아직도 희미해서 얼굴들이 눈에 서투르오.
다시 한 번 눈이라도 익혀둡시다.
공연히 수선거리지들 말아요.
남의 마음이 흔들리기 쉬운 줄도 모르고.

황토 붉은 산아 푸른 잔디밭아 다 잘 있거라.
잔자갈 시냇물도 잘 놀고 지내거라.
—가면 아주 가나, 잔 사정 작별을 내 이리하게!
봉선화야 너는 거년까지 내 손가락에 물들이었지?

순이야, 금이야, 남이야, 빛나던 철의 동모들아,
이제는 동모라는 말조차 써볼 데가 없겠고나,
너희들 땋아 늘인 머리를 어디 좀 만져보자.

붉은 댕기 울 너머로 번득이는 자랑스러움,

거리낄 데 하나 없이 굴러가던 너희들 웃음,
이것이 어느새 남의 일같이 이야기될 줄이야!
손 하나 타지 않고 산골에 맑은 흰나리 꽃송이같이,
매인 데 굽힐 데 없이 자라나던 큰아기 시절을
내 이제 뒤로 머리 돌려 아까워할 줄이야!

눈물은 내서 무엇하니,
가고야 마는 것을! 가면 아주 가랴마는.
남는 너희나 그대로 있어줬다고, 내 다시 볼 때까지.

아버지 이 길은 무슨 길이길래,
눈물에 싸여서라도 가고 보내는 마련이래요?
마른 잎은 부는 바람에 불려야만 되나요?
손에 닿고 눈에 익은 모든 것을 버리고
아득한 바다에 몸을 띄워야만 새살림 길인가요?

갈피 없는 걱정 쓸데없는 앙탈을 이냥 삼키고,
나는 떠나가네.
싸늘한 두 손으로 얼굴을 싸만지며.

부엉이 운다

1

부엉이 운다
부엉이 운다
밤은 깊으고 바람은 불고 구름 덮이는데
부엉이 운다
눈은 엿같이 몸이 엉기는 어둠 가운데
부엉이 운다
어둠 가운데 외딴집 하나
불은 희미히 창을 비춘다
부엉이 운다 불이 깜박인다
부엉이 운다 불이 까물친다

2

부엉이 운다
부엉이 운다
이슬에 젖어 측은한 풀잎 쓰러져 눕고
부엉이 운다
검은 따에서 모를 그림자 뽑아 오르고
부엉이 운다

무덤가에서 헤매는 늑대
꼬리 늘이고 고개 숙이고
부엉이 운다 불이 깜박인다
부엉이 운다 불이 까물친다

3

부엉이 운다
오— 무엇을 부르는 울음
네— 무엇을 불러내느냐
부엉이 운다
부엉이 운다
모든 이야기 가운데 사는
머리 푼 귀신 피 묻힌 귀신
부엉이 운다
부엉이 운다
구름 밑에서 따 우에까지
키를 뻗지른 귀신상같이
휘— 획 불어 지나는 바람
부엉이 운다 불이 깜박인다

부엉이 운다 불이 까물친다
오— 불은 아주 사라져버리다
부엉이 운다
부엉이 운다
……

한 조각 하늘

무심한 눈을 들창으로 치어들다
한 조각 푸른 하늘이 눈에 뜨이어

이 얼마 하늘을 잊고 살던 일이 생각되어
잊어버렸던 귀한 것을 새로 찾은 듯싶어라

네 벽 좁은 방안에 있는 마음이 뛰어
눈에 거칠 것 없는 들녘 언덕 우에
둥그런 하늘을 온통 차일 삼고
바위나 어루만지며 서 있는 듯 기뻐라

눈 1

나아가자꾸나 나아가자꾸나
새로 쌓인 눈 우이를
눈 우에는 발자취가 남는다
순아 눈 우이를 걸어가자

눈의 품은 사람 세상보다 다습다
순아 우리 눈 우이를 걸어가자

우리 앞은 끝없는 새 눈이요
우리 뒤엔 새 길이 열려진다
순아 우리 눈 우이를 걸어가자

우리 길은 위로 향하였다
세 걸음씩 한꺼번에 뒤으로 미끌린다
우리는 열 걸음씩 앞으로 나아간다

그대의 옷과 살은 눈같이 희다
그대 머리는 솔나무숲같이 검다
나는 이 속에서 너를 잃어버리겠다
순아 눈 우이를 걸어가자

우리의 몸과 마음 눈과 같이 맑아져
눈과 같이 가볍게 팔팔 날아오르련다
순아 우리 눈 우이를 가볍게 날아가자

눈 2

눈이 어리게 아장거리는 애기같이 비척여 나려올 때,
나는 가슴을 풀어놓아 이를 맞습니다.

눈이 파슬거리는 소리를 내며 쌀쌀히 뿌려올 때에,
나의 차가운 이마는 그 외로운 생각에 잠깁니다.

눈이 가벼운 옷자락을 오히려 꽃잎같이 휘날릴 때면
나는 저 순결 속에 어디 그런 방탕한 몸짓이 감초였나 의
심합니다.

내가 천년 앞서 나의 사포와 꽃 없는 언덕을 거닐 적에,
눈은 그 흠 없는 비단을 우리 위해 얇게 깔아주었습니다.

우리는 그 위를 걸었습니다. 발자취도 남기지 않고
우리는 팔팔팔 피어올라 그 위를 날려갔습니다.

눈이 고요와 광명을 어울러 짠 무늬를 따 위에 펼 때
아무도 손 닿을 수 없이 높은 저 별을 딸 수는 없습니다.

Be nobler!

— He fears lest love should fall.

더 높아져라, 닿을 길 없이 높아지거라…
머언 하늘 푸른 자리 그윽이 빛나거라.
　　내 맘의 맑은 샘에 네 얼굴 잠기나니…
　　별같이 차신 님을 그려봄만 자랑이리.

그러나, 가슴 깊이 떨리는 두려움은…
　　산기슭 히아신스 목동의 발에 맡겨
　　맑은 샘 던지는 돌 흙장을 일으킬까…
오, 영원한 이 거울이 산산이 부서지면!

높아져라, 더 높아지거라 닿을 길 없이
별같이 차신 님을 그려봄만 자랑이리.

그 전날 밤

넘아 살아지이다
넘아……
길들은 사자처럼 화려한 침대 속에
무심히 숨 쉬는 그대를 지켜…아……
내 언제 불길한 말을 즐기더이까마는
그대여, 죽지 말아지이다
세상이 살음직하지 안 하니까
하늘은 저렇듯 그지없이 높푸른데
감나무에 붉은 열매 동긋이 매달리고
은행잎은 금빛으로 아낌없이 져나리고

아직도 우리는 젊지 않으니까
이 하늘 아래 따 우에 조고만 존재인 우리를
때때로 절망이 어여쁜 인어같이 손쳐 부르나
그것마저 달금하지 않으니까

샛별같이 맑은 나의 눈이 아직 흐려지지 않았네다
그대의 눈이 이를 보암직하지 않으니까
옥보담 고운 살결이 주름 잡히지 않았나니

그대의 손이 예서 차마 떠나지 못하리다
그대여 다만 살아지이다
나는 사라지기 쉬운 고운 구름이요
흩어지기 쉬운 장미가 아니리까
쇠로 다진 배도 험한 물결에 깨지거든
이 세상의 물결이 험치 않다 하나이까

이미 하늘에 닿은 듯싶은 사랑이 날마다 새 높이를 열어
날마다 사랑의 무한 우에 새로 한 층계를 올리나니
우리의 사랑의 날이 앞으로 길지 않으니까

어찌 만남이 늦고 나뉨이 쉬우려 하나이까
비 오는 날이면 먼 데 가시도 않던 그대가 아니오니까
그대여 어찌 이러한 일이 있으리까

이 세상의 여러 가지 것들 다 버려두고
흰 옷가슴에 꽂은 한 송이 꽃 같은 내 마음만을 위해서라도
그대여 다만 살아지이다
저 나라는 어둡고 춥지 않으리까
사랑하는 이도 따라갈 수 없는 그림자조차 없는 추운 따이

아니오니까
  그대여 어찌 가시리이까

  설운 철이 따로이 있으리까마는
  우리의 즐거움 가운데서도 가을의 설움을 말하지 않으셨
나이까
  그대 만일 아니 계시오면
  국화의 향기는 다만 쓸 뿐이요,
  달도 공연히 밝고 가을밤은 길 뿐이겠나이다
  기러기 소리는 다만 눈물이겠나이다
  그러나 겨울이 오면 그대의 무덤은 차겁지 않으리까
  가깝다 하옵데다마는 눈같이 깨끗한 내가
  어찌 봄을 기다리고 남어 있으리까?

  그대여 살아지이다
  나의 온갖 정욕에 찬 고운 맘과
  아름다운 꿈으로 무리쓴 이 생각으로 돌보아
  님아, 죽지 말아지이다
  나의 젊은 피가 흐르는 살을 사뤄 비노니
  너는 이 앞에 머리 숙이지 않으려느냐 죽음아

무덤과 달

몸은 사라져 넋이만 남은 듯이
다만 한 줄기 생각만 살아 돈다

　　해파란 저 달빛을
　　이 몸에 비치과저
　　왼밤을 비치과저
　　오랜 병에 여윈 뺨에
　　피 어리어 싸늘한 이 몸에
　　핼쓱한 저 달빛을
　　옴시런이 비치과저

검은 솔 그림자 어른거리는
달빛 하이얀 풀잎 우에
한 줄기 생각이 살아 돈다
핼쓱한 달빛이 은실을 흘려
생각마저 얽히어 녹아져
하이얀 그림자 아지랑이같이
사라져간다 사라져간다

무제無題

아— 그러나
고향! 고향!
이 말 속에는 무상의 명령이 숨어 있네
나는 억센 팔짱에서 몸을 뻗치려 부둥거리는 애기와 같이
나의 가슴은 두 조각으로 빠개지려 하네
여보게
내가 이 고향을 사랑하지 않게 되는 수를 가르쳐주게

눈은 감고 다니게
귀는 막고 다니게
그렇지 않거든 여기를 버리고 가게

3

좁은 하늘

나의 하늘에도
나의 이 좁은 하늘에도
새는 날아온다

윗처마와 아랫처마 사이의
발 남짓한 이 하늘에도
날씬한 몸 새는 날아온다

혹이 날아오다
이내 지나가노나
사라지는 그림자야
사라지는 그림자야
자취도 없이 사라지는 그림자야
모든 사라지는 그림자는 헛될 거나

새는 한가로이 지나가노나

희망希望과 절망絕望은

어느 해와 달에 끄을림이뇨
내 가슴에 밀려드는 밀물 밀물

둥실한 수면水面은 기름같이 솟아올라
두어 마리 갈매기 어긋져 서로 날고

돛폭은 바람 가득 머금어
만릿길 떠날 차비한다

그러나 이 순간을 스치는 한쪽 구름
가슴 폭 내려앉고 깃발은 꺾어지며

험한 바위 도로 다 제 얼굴 나타내고
검정 뻘은 죽음의 손짓조차 없다

남은 웅덩이에 파닥거리는 고기들
기다림도 없이 몸을 내던진 해초海草들

우연은 머리칼처럼 헝클어지도 않았거니
너는 무슨 낚시를 오히려 드리우노

희망과 절망의 두 등처기 사이를
시계추같이 그네질하는 마음씨야

시詩의 날랜 날개로도 따를 수 없는
걸음 빠른 술래잡기야 이 어리석음이야

들어오며 다시 나가며 부질없는 이 호흡
너는 그래 유월六月 소보다 더 헐떡거릴 뿐이냐

밤

마음아 너는 더 어질어지려마
너는 다만 헛되이……
아— 진실로 헛되지 아니하냐

남국의 어리석은 풀잎은
속임수 많은 겨울날 하루 햇빛에 고개를 들거니.

가문 하늘에 한 조각 뜬구름을 바랏고
팔을 벌려 불타오르는 나뭇가지같이.

오— 밤길의 이상한 나그네야
산기슭 외딴집의 그물어가는 촛불로

네 희망조차 헛되이 날뛰려느냐 아—

그 현명의 노끈으로 그 희망의 목을 잘라.

걸으라 걸으라 무거운 짐 곤한 다리로
걸으라 걸으라 가도 갈길 없는 너의 길을

걸으라 걸으라 불 꺼진 숯을 가슴에 안아
새벽 돌아옴 없는 밤을 걸으라 걸으라 걸으라

'고운 날개' 편

1
고운 날개를 너는 헛되이 나래질 치나니
　　푸른 하늘은 닿을 길 없어라
　　꿈속의 길은 희미하여라
고운 날개를 너는 힘없이 나래질 치나니

2
이 길은 어드메로 가는 길이오
저기 구름은 어느 발로 넘는다오
해는 누엿누엿 산마루에 걸리는데
하늘에는 집 없는 새들만 가득히 날아드오

3
참으로 하루는 하루와 같거니
어느 날이 새삼스리 못 잊히느뇨

마주보는 거울에는
수없이 그림자가 비치여지나
　　끝간 데 없이 비추이는 그림자
없는데 혼자 무서워하는 개같이
가끔 가다 소리 높여 짖어도 보나

너는 참으로 무엇을 기다리느뇨

촘촘히 세운 소학생小學生들 가운데
어느 것이 나의 슬픈 아들이뇨
비가 온다 비가 쉬임도 없이 그침도 없이
페이브먼트의 으른거리는 물 우이를
에리를 세우고 촉촉이 젖어 걸어간다
유연히 태연히
돌아갈 집, 고개를 수그리고 들어가야 할 대문
불기 없는 방
그는 다만 돌아다닌다.

    4

문득 마음이 꽃같이 피어나는가 하면
어느새 부끄럼에 고개 도로 수그린다
행복에 피가 수물거리다가는
다시 불안에 가슴 두근거린다

외투 깃을 세우고 바쁜 걸음 하는 사람아
너는 저쪽 비탈의 어드러한 집으로 돌아가느냐
내게 일러라 새야

너도 기다리는 한 동무게로 돌아가느냐
이제
나뭇가지의 그늘마다
그 으스므레한 가운데서 새로운 얼굴이 생겨나고

　　　5
자네 말이
날다려
이것을 모도 사랑하라는가
어떻게
내가 이 모든 것을 사랑할 수 있는가
내가 아름다운 것을 사랑하지 않든가
그러나 보게
내 마음을 날뛰게 하는 아름다움이 어데 있는가
　　푸른 하늘과 잘 나는 별
　　또 굽이 고운 산천과 나무와 꽃
　　말 말게
저의는 그 우에 무슨 아름다움을 보탰는가
저의는 무엇을 만들었는가

너의 그림자

하이얀 모래
가이없고

적은 구름 우에
노래는 숨었다

아지랑이같이 아른대는
너의 그림자

그리움에
홀로 여위어간다

하염없는 바람의 노래

나는 세상에
즐거움 모르는
바람이로라
너울거리는
나비와 꽃잎 사이로
속살거리는
입술과 입술 사이로
거저 불어 지나는
마음 없는 바람이로라

나는 세상에
즐거움 모르는
바람이로라
따에 엎드린 사람
등에 땀을 흘리는 동안
쇠를 다지는 마치의
올랐다 나려지는 동안
흘깃 스쳐 지나는
하염없는 바람이로라

　　나는 세상에
즐거움 모르는
　　바람이로라
누른 이삭은
　　고개 숙이어 가지런하고
발간 사과는
　　산기슭을 단장한 곳에
한숨같이 옮겨가는
　　얼음 없는 바람이로라

　　나는 세상에
즐거움 모르는
　　바람이로라
잎 벗은 가지는
　　소리 없이 떨어 울고
검은 가마귀
　　넘는 해를 마저 지우는 제
자취 없이 걸어가는
　　느낌 없는 바람이로라

아— 세상에
    마음 끌리는 곳 없어
호올로 일어나다
스스로 사라지는
    즐거움 없는
    바람이로라

인형 人形

나를 좀 보서요
나를 좀 보서요

나를 좀 만져보서요
손끝이 정말 자릿하지요

왜 나를 위해 베아트리체의 시詩를 쓰는 사람은
하나도 없을까요

삼부곡三部曲
— 하夏의 부部

제3인물

간밤엔 아마 술이 좀 지났던 게다 마지막 순배가 어느 카페에서 돌았던가 어느 골목으로 어느 녀석하고 같이 걸었던가 흰눈으로 세상을 흘기고 그래도 이렇게 내 자리에서 내 몸을 찾을 수 있고 개구렁에도 빠지지 않았다 알맞게 취했던 게지 술은 먹을지라 취하지는 말지라 어느 녀석이 그따위 수작을 한담 숙종대왕이 술을 금했는데 말이야 하나님의 뜻으로 술새암이 솟았단 말이야 그런 이야기를 큰 갓 쓰고 창옷 입은 우리 하라배들이 지어낸 걸 보면 그래도 하하 사람은 한편으로만 볼 건 아니야 그런데 이렇게 옷까지 벗은 걸 보면 하지만 또 누이가 눈물 흘리며 벗겨준 줄 아나 백에 아흔이나 그게 쉽지 딱한 일 그에는 웬 눈물이람 그 애도 시를 아는데 취한 놈하고 총한 사람하고는 딴 나라 말로 이야기한단 말인가 그 애는 새벽을 사랑하고 나도 새벽을 사랑하는데 하기야 새벽보다 해으름을 더 사랑하지만 그 애에게는 밝은 빛의 앞장임으로써이고 내게는 해으름이 해으름으로써이다.

내 사랑 가는 곳은 해으름 모든 그림자 서로 지워지는 지음 포란빛 다홍빛 놀미야한 자개빛 하늘에 피었다 사라지는 빛깔

귓속에 거문고 줄을 살짝 울리고는 그만 사라지는 소리
  바람 없는 푸른 거울물결 자마리 날개 스치고 지나가는
듯한 가는 웃음 그 애의 주정체 입을 맞추련다고 그애가 귀
쌈을 족였지 사람은 싸록 사랑스러 아차 저애들 둘의 소리
가 나는구나.

  제1인물

우리는 영웅이로세 참된 영웅이로세
어두운 장막은 따 우에 무거이 드리워 있고
눈 동그렇고 욕심스런 밤새들의 소리
귀에 들릴 제
하늘에 별들이 오히려 깜박거리고
다만 한 마리 붉은 닭이 세 번 소리쳐
새벽을 아뢰었나니
새로운 새벽을 앞에 바라는 우리는 참된 영웅이로세

고달파 누운 큰 무리는
다만 무서운 꿈에 가위눌리어
버둥거리며 앓는 소리 하나니

어둠나라 지키는 두 뿔난 짐승
한 뿔로 깨려는 무리를 달래어 재우며
한 뿔로 뿜는 독한 기운은 우리를 무찌르려 하나니
어두운 거리로 우리들 밤 사람 앞장서
고양이같이 가만히 메뚜기같이 뛰어다니며
눈마다 일깨워 크게 외치며 가만히 속살거리는
우리는 영웅이로세 참된 영웅이로세
동무야 우리 손 마주잡고
동산에 올라 날개 쳐 소리쳐 저 해를 불러올리자
동산에 올라 동아줄 얽매어 저 해를 끌어올리자
새해를 끌어올리는 우리는 복스런 영웅 참된 영웅이로세

　　제2인물(여성)

오라 동무야 한데로 와 한 깃발 아래 가만히 모이어
가만 가만히 모래성 밑 스며들어가 주추를 무느자

우리 무서운 불개미 떼 어디까지든 쉬일 줄 모르고
떼로 떼 지어 이 큰 기둥 넘어지도록 줄달아 나오는 무리
우리 기운찬 잉어새끼 내리쏟히는 폭포를 만나면

더욱 힘내어 뛰어올라 파랗게 질린 하늘을 바라는 무리
(더 길게 나갈 것)

　제3인물

　자리를 걷치고 후닥박 일어나 소리 맞추어 가야금 줄을
굴러라······
　새벽의 시인아 동트는 시인아 금빛 장닭아 동산에 올라
한번 외치며
　이 집 장에서 날개치고 저 집 장에서 소리쳐 해를 부르는
밝음을 부르는 시인아 장닭아
　샹트클래르
　용감스러이 암꿩같이 후두둑 날아오르는 젊은 아우야
　너희는 부지런한 개아미 무리
　나는
　다듬지 못한 몸맵시 입에서 나는 김치 내음새
　검고 푸르른 손으로 눈으로 차마 잡지 못하여
　붉고 푸른 전깃불 아래 땐스와 서양 술을 일삼아
　다만 아름다움의 선과 비쥰을 따라 헤매어 이곳에 자잦
는 페트로늬우스

아름다움만이 '비둘기 발목'이야 붉히든 말든 봄비만이
명주고름을 호북히 적시나니
    나의 사랑은 가는 그림자 첫 줄과 열두째 줄 어울려 나는
소리
    나의 질김은 하이얀 저 손 나리꽃 한 송이
    어루만짐으로 미묘한 감정을 말씀하던 손이여
    수많은 입살이 욕념의 입살이 미칠 듯 빨던 손이여
    문어발같이 얼싸감기어 굳은 목도 숙이던 손이여

    너희는 산을 넘는 개아미 무리
    산 너머 또 산이요 구름은 겹겹이란디
    한번 가신 넘은 다시 올 길이 없다
    무심한 두견아 봄 사람의 가슴을 울리지 마라
    피를 모조리 뿌린다 한들 꽃마다 진달래꽃 되어 피 묻히랴
    한 시절 청춘을 앞뒤 돌보지 말고 온이 즐기자.

해후邂逅

그는 병난 시계처럼 휘둥그레지며 멈칫 섰다.

안 가는 시계時計

네가 그런 엄숙한 얼굴을 할 줄은 몰랐다

4

비에 젖은 마음

불도 없는 방안에 쓰러지며
내쉬는 한숨 따라 '아 어머니!' 섞이는 말
모진 듯 참아오던 그의 모든 서러움이
공교로운 고임새의 무너져나림같이
이 한 말을 따라 한번에 쏟아진다

많은 구박 가운데로 허위어다니다가
헌솜같이 지친 몸은 일어날 기운 잃고
그의 맘은 어두움에 가득 차서 있다
쉬일 줄 모르고 찬비 자꾸 나리는 밤
사람 기척도 없는 싸늘한 방에서

뜻 없이 소리내인 이 한 말에 마음 풀려
짓궂은 마을 애들에게 부대끼우다
엄마 옷자락에 매달려 우는 애같이
그는 달래어주시는 손 이마 우에 느껴가며
모든 괴롬 울어 잊으련 듯 마음 놓아 울고 있다

단상斷想 1

가끔 가끔(새삼스레)
살기가 싱거워집니다
그렇다고
앨써 죽기야 또 어찌합니까
그러기에
한 다리를 끄을 절룸바리 걸음을 걷습니다

잊고 살다가도
돌처보면 승거웁지요
앨써 살값도 없지요마는
그렇다고
앨써 죽기는 또 힘들지요
우리 웃음은 속이 비이고
기쁘단 말은 자전字典에서도 지워지오

나는 아주 비관悲觀하기로 결심을 했소

단상斷想 2

괴로움 쓰라림을 달게 받고 살라 함은
예부터 점잖은 이 일러오는 말이지요
그러나 나는 원수나 갚는 셈치고 씹어삼키고 삽니다
살기가 싫은 날이 문득 가다 있사와요
마음 없이 살 적보다 그런 날이 값있지요
일하지 않고 사는 새가 되려 부러웁소
한번 태어나기가 어디 그리 쉬운 일이오
이렇게 될작시면 차라리 죽었겠소

유쾌한 밤

서울 십일월도 이처럼 다정한 적이 있더란가
종로 공기도 이렇게 가슴 넓히는 적이 있더란가
하,하,하, 웃음에 주름살이 피이어 하늘이 웃죽 물러선다
미끄러지듯 전깃불 밑으로 기어가는 택시 안에 정다운
둘이 내어다보고
　조그만 놈이 종종 걸어 흘깃 눈으로 스치니
　우리의 여왕은 주황빛 외투깃을 검은 목도리 우로 세우
는구려

　──덴 가쓰는 잡탕에 돈이 들어 팔보탕 정도더라
　──그 애의 입모습이 어엽더구나
동무의 모자도 덮지 않은 머리가 제멋으로 너벌거렸다

길잡이야 우리의 길을 훨씬 돌음길로 잡아라
아스팔트 우에 우리의 걸음이 너무나 가비여우니
세 갈림길이 하나 닥치고 보면 돌아서기도 어려우리라

　저 건너서 시시덕거리는 양복축들은 어우러져 춤이라도
출까보다
　향료 바른 것처럼 아른한 감각이 살결을 지진거리니

가벼운 배에 따끔한 커피가 내 피를 온통 울려냈구나

끋나일 좋은 꿈꾸소 대문을 콩콩 뚜드리시오……
자— 우리도 여기서 동으로 서으로 손을 나누세……
……아차 하마터면 공연한 앞엣사람의 어깨를 칠 뻔했네
그려

망각忘却

오오 아름다운
망각忘却

너 곧 아니더면
하느님도 별수 없는 소학생
그르친 습자지習字紙는 고대 부벼
휴지통에 버려야 하는 것을

새벽마다 물장수의 삐걱거리는 지게는
물 마른 물독들의 기울인 귀를 찰찰 넘쳐준다

한 물림 한 물림 조심스레
아기자기한 태엽을 감아주는
손은
뉘냐

참말 보드라운 칠판닦이
네가 지우고 간 자욱을 더듬어 읽는
그 기인 손가락 가진 맹인盲人의 기이한 미소

밤낮
스타―트만 고쳐 하는
단거리 연습
아― 인생은 즐거웁다

사랑하던 말

내가 그날에 사랑해 만지던 말이 이제 내 눈앞에 있다,
그 털의 윤택함 빛나는 흰 눈자위 뒷다리의 탐스러움
자랑스럽던 그 태도를 어디 하나 남겨 있진 않으나,
나는 다만 깊이 박힌 사랑의 총명함으로 알아볼 수 있느니.

여기 멍에 아래 마차 끄으는 추럿한 말은
그 시절 봄날 빛 아래 금잔디 넓은 마당에서
호—통 소리치며 네 굽 놓고 달리다가 가볍게 잔걸음 놓던
그 아름답던 나의 사랑하는 망아지 그놈이다.

저의 두 눈은 굴러 하늘을 쳐다볼 생각도 없이,
저의 네 발은 땅에서 두 자 뛰어오를 기운도 없이,
쉴틈없이 내리는 채찍에 몰려다니다가는
목에 여물통을 건대로 배 채울 것을 먹고 있다.

나는 넘쳐 오르는 가슴과 떨리는 주먹으로 디려다보며,
눈을 감지도 못하고 깊고 높은 하늘로 돌려버리도 못한다.

— 침통편沈痛篇

나는 네 것 아니라

나는 네 것 아니라 네 가운데 안 사라졌다
　　안 사라졌다 나는 참말 바라지마는
한낮에 켜진 촛불이 사라짐같이
　　바닷물에 드는 눈발이 사라짐같이,

나는 너를 사랑는다, 내 눈에는 네가 아직
　　아름답고 빛나는 사람으로 비친다
　　너의 아름답고 빛남이 뵈인다

그러나 나는 나, 마음은 바라지마는……
　　빗속에 사라지는 빛같이 사라지기.

오, 나를 깊은 사랑 속에 내어던지라
　　나의 감각을 뽑아 귀 어둡고 눈멀게 하여라
너의 사랑이 폭풍우에 휩쓸리어
　　몰리는 바람 앞에 가느단 촛불같이.

솔개와 푸른 소沼

1

새파란 하늘 아득히 높고
개아미 무리 다만 부지런하다.
나래든 솔개 훨씬 잡아두르고
닭의 무리 울 밑에 몸을 숨기다.

아득함에 질리어 동그랗던 내 눈은
그만 아찌르르 내어둘리다.
'있으나마나!' 내 맘은 다만
절망에 가라…… 가라앉는다.

2

까만 바위낭 아래 푸른 소
모든 그림자를 널름 삼키다.
조건 가지 끝에 감츠름한 새
그래도 제 그림자를 노래하고 있다.

이 크고 넓은 놈이 덮개 같아여
나는 벗어날 수 없이 붙들리어.

이만 악물면 겨우겨우 물러나는 듯하다,
숨만 늦추면 가슴살까지 도로 죄어들어.

눈감은 채 몸을 부르르 떨면
내어젖는 팔길까지 얽히었나니
푸른 소 밑에 흩은 머리가 나를
절망에 잡아…… 잡아들인다.

로—만스

너희는 이를 갈쳐 어리석다 부르느뇨
내 생명의 불길이 이제 차츰 줄어들어
세상에 대한 욕망이란 연기같이 사라질 제
오히려 저를 만나 한마디 말씀하려 함을.

저의 손 내 가슴에 두 손으로 부여안고
그리 못한다면 얼굴 가만히 보랏으며
그도 못한다면 고개 깊이 숙이고
다만 할 말은 그대여 나를 용서하라.

하찮은 다툼이 아니런가
부질없는 자랑이 아니런가
서로 마음의 고향을 등지고
돌아올 길을 막았더니.

수많은 꿈에만 거리낌 없이
그대 발아래 엎드렸으나
오— 말하라 그대 또한
아니 그러하였던가.

그대 찬란한 의상에 빛나고
웃음의 걷는 걸음 앞에 가지나
네 마음속을 깨무는 어둠을
내사 안단다 보았더란다.

나의 가슴속에 맺혔던 원한의
매듭 매듭 이제 사라지고
지는 해 왼 들에 분홍물 들임같이
뉘우침이 고이 내려오고

쌓였던 눈이 어찌 단번에 쓸림같이
애틋한 정에 마음 녹아 흐르려나니
그대여 그대의 닻 지운 정을 풀어놓아
용서의 넓은 바다 우에 떠서 이리로 오라.

두 손 안고 얼굴 가만히 보랏으며
다만 할 말은 그대여 나를 용서하라
둘이 맘 다시 사개맞춤같이 어울려 녹는 사이에
나는 영원의 평화와 잠의 나라로 떠나가련다.

센티멘탈

1

포름한 하늘에 햇빛이 우렷하고
은빛 비늘구름이 반짝 반득이며
"나아가자꾸나 나아가자꾸나"
가자니 아— 어디를 가잔 말이냐

솔나무 밑에 발을 멈추다……
잔디밭에 가 척 주저앉다……
아— 그러지 않아 타까운 가슴을
왜 이리 건드려 쑤석거려내느냐

가을날 우는 듯한 비올린 소리 따라
마련 없는 나그넷길로 나를 불러내느냐
무엇 찾아야 할 줄도 모르는 길로
발사슴하는 욕망에 가슴 조이며 걸으려느냐

2

저 넓은 들에 누른 기운이 움직이고
저기 사과밭에 붉은빛이 얽혀지는데

병풍같이 둘린 산이 의젓이 맞는 듯하고
훤칠한 큰길이 끝없이 펼쳐 있는데

아— 이 하늘 아래 이 공기 속에
열매 익히는 저 햇빛 가득 담은 술잔을
고마이 받들어 앞뒤 없이 취하든 못해도
눈감은 만족에 바다같이 가라앉지도 못하고

가슴에 머리에 넘치는 울음을
눈썹 하나 까딱이지 못하는 사람은

5

나는 그를 불사르노라

나는 그만 그이를 불사르노라.
나의 애끼고 사랑하는 모든 것을 가지신 그이를,
한 줌 재나 남을까! 불에 사라 올리노라.

검고 사나운 따이 그에게 알맞지 않아
하얀 연기를 다만 멀리 높이 사라 올리려.

하늘조차 파랗지 못하고 희부옇게 흐리어,
검고 붉고 누른 골짜기 주름에
한 줄기 생기 있는 시냇물도 흐르지 않고,
벌거벗은 가지에 숨어 있던 바람만이
가만 오르는 흰 연기를 가만있지 못하게 나부껴주느니.
삼천광년三千光年보다 더 머언 곳으로 그를 잃어버리고
연금학자錬金學者도 아닌 나는 잿속에서 무슨 금을 찾을 거냐?

중한 보배 구슬을 손수 산산 깨뜨리는
세상없는 귀한 향을 진흙에 파묻어버리는 심사는.
쓰나 쓴 쓸개를 씹는 대로 삼켜가며
험상한 바위에 몸을 퍼더버리고 앉아 있노니.

두 마리의 새

— 회색의 배경 앞에 나란히 앉은 두 마리의 새
이 두 마리의 새는 세상을 서로 등지고 있다
하나는 심장이 병들고 하나는 가슴이 아프다

누이야 그래 네 심장이 물 마른 데 뛰는 고기처럼 두근거
리느냐
마른 잎사귀같이 그냥 바숴지려 하느냐
기름 마른 빈 물레 돌아가듯 돌아간단 말이냐
아— 애처로워라 그럼서도 너는 걱정이
오빠의 얼굴빛이 핏기 없이 누르다는 것
가슴에 피는 동백꽃 잎이 배알어 나오는 것
아— 우리의 손이 서로 닿으면 하얀 초같이 싸늘하고나

메마른 황토의 이 나라에 옴츠린 이 지붕 아래 태어난 우리라
무슨 기쁨 어느 즐검을 하늘 끝으로 실려보내고 살아왔지만
금 비단 장막을 바라고 몸소 머리 좇는 우리다

빈사의 백조는 날개나 찬란스럽다더라
변변치 못한 우리의 날개는 젖은 병아리같이 애처롭구나

우리는 아부지 어머니 다 잃어버린 다만 두 마리 병든 새 아기
이 무슨 바람이길래 가지가 이리 오들오들 떨려진다냐

"

연애 戀愛

어제 날이 채 가지도 않아
또 새로운 날이 부챗살을 펴는 나라 오―로―라.

언덕에는 꽃이 가득히 피고
새들은 수없이 가지에서 노래한다.

새로워진 행복

검푸른 밤이 거룩한 기운으로
온 누리를 덮어 싼 제,
그대 아침과 저녁을 같이하던
사랑은 눈의 앞을 몰래 떠나,
뒷산 언덕 우에 혼잣몸을 뉘라.
별 많은 하늘 무심히 바래다가
시름없이 눈감으면.
더 빛난 세상의 문 마음눈에 열리리니,
기쁜 가슴 물결같이 움즐기고,
뉘우침과 용서의 아름답고 좋은 생각
헤엄치는 물고기 떼처럼 뛰어들리 .
그러한 때, 저 건너,
검은 둘레 우뚝이 선 산기슭으로
날으듯 빨리 옮겨가는 등불 하나
저의 집을 향해 바쁘나니,
무서움과 그리움 섞인 감정에
그대 발도 어둔 길을 서슴없이 달음질해,
아늑한 등불 비치는데 들어오면,
한동안 멀리 두고 그리던 이들같이
새로워진 행복에 부시는 그대 눈을 맞아 안으려니.

빛나는 자취

다숩고 밝은 햇발 이같이 나려흐르느니
숨어 있던 어린 풀꽃 소근거려 나오고
새로 피어 수줍은 가지 우 분홍 꽃잎들도
어느 하나 그의 입맞춤을 막아보려 안 합니다.

푸른 밤 달 비친 데서는 이슬이 구슬 되고
길바닥에 고인 물도 호수같이 별을 잠급니다
조그만 반딧불은 여름밤 벌레라도
꼬리로 빛을 뿌리고 날아다니는 혜성입니다.

오— 그대시여 허리 가느단 계집애 앞에
무릎 꿇고 비는 사랑을 버리옵고
몸에서 스스로 빛을 내는 사나이가 되옵소서.

고개 빠뜨리고 마음 떨리는 사랑을 버리옵고
은비둘기같이 가슴 내밀고 날아가시어
다만 나의 흐린 눈으로 그대의 빛나는 자취를 따르게 하
옵소서.

기원

우리는 구하는 것 없는 무리옵시다
우리가 무엇을 바란다 하오리까
다만 한 점 시원한 것을
우리의 가슴에 주시옵소서 가르쳐

시끄러운 무리 속에서 멀미에 어지럽고
산중에 고독을 즐기기에 어질지 못합니다
이 두 사이 아닌 곳에
마음 가라앉아 살 곳을 주시옵소서

주여 우리를 용서하시옵소서
우리가 주책없이 웃을 때에 우리를 용서하시고
우리의 눈물로 보아 우리의 울음을 용서하시옵소서
속물들을 피하여 흙창 속으로 들어갈 때에
우리의 손을 이끌어주시옵고
세상을 건지려는 이들의 손에서 우리를 구하시옵고
다만 새로운 공기로 우리를 길러주시옵소서
우리가 취하고 멀미하고 어지러워 비척거릴 때
무엇보다 우리를 사람 훈기에서 구하시옵소서

벗어진 산같이 거리낄 데 없이 밋밋한 우리의 하루를 이
로 살리시옵고
우리의 손이 할 바를 모를 때에 우리의 손을 놀게 하시고
우리의 마음이 당나귀같이 말을 듣지 아니할 때에
우리 우에 멍에를 얹지 마시옵소서

가진 것이 없는 우리에게서 슬퍼하는 마음을 마저 빼앗으시고
장승같이 아침을 기다리게 하시옵소서

절망絶望에서

나는 이제 절망의 흙 속에
파묻혀 엎드린 한 개의 씨
　아— 한없는 어둠
　과 고요……
그러나 그러나
　천 천 히 천 천 히
나는 고개를 든다
　천 천 히 천 천 히
　그러나 힘있게 우으로
나는 머리를 밀어올린다……
나는 숨을 쉬었다 지구를 나는 뚫었다……
　나는 팔을 뻗친다……
　나는 다리를 뻗친다……
아— 나는 이제 아침해 비친 언덕 우에
두 팔 쳐들어 왼몸 훨씬 펴고 서 있는
오— 서 있는 사람이로라

다시

돌돌거리는 물조차 말라붙은
험상한 바위틈에 앉아
흐린 하늘을 바라보노라
벗은 가지를 보노라
피어오르는 연기를 보노라

헛되다는 말도 헛되어라

어린 마음아
고운 마음아
너도
이같이 말라붙고
웅그라져
이 험한 바위가 되려마

너를 차마 사르다니
무언 다시 안 사르랴

Invocation

겨울은 이미 오래다. 봄이여 오— 봄아
너의 걸어옴이 너무 더디구나
이 답답한 구름이 끼인 지 오래다 해야
너의 나타남이 너무 드물구나

추위와 어둠에 우리의 숨 그치기 전에
우리의 첫 줄에 새 피를 부어 넣어주라
팔들은 마른 가지같이 하늘로 뻗치고
눈은 그리움에 겨워 멀거니 바랏나니

무겹게 나려드린 장막을 헤치고
앞가림 들치며 용상에 나앉는 왕자王者같이
너의 불그레한 밝은 낯을 내어놓아라
기다림에 지친 우리의 절을 받아주라

쇠뚜껑같이 까딱 않는 구름을 깨치고
막을 길 없는 너의 힘을 우리게 베풀어주라

1904(1세) 8월 2일(음력 6월 21일) 전남 송정군 송정면 소촌리 363번지에서 부친 박하준朴夏駿과 모친 고광高光의 셋째 아들로 태어났다. 두 형이 어려서 죽었기 때문에 법률상 장남이 되다.

1907(4세) 겨울 의병 투쟁이 격렬해지자 부친을 따라 외가와 가까운 전남 창평에서 지내다.

1908(5세) 창평에 머무르면서 사자소학을 깨치다.

1909(6세) 부친 박하준이 전남 광주읍에 집을 마련하여 광주에서 살게 되다.

1910(7세) 한글을 깨쳐 신소설을 읽고 산수를 배우다.

1911(8세) 4월 10일 광주공립보통학교(현 광주서석초등학교)에 입학하다.

1913(10세) 아우 박남철이 태어나다. 박남철은 일본 의과대학을 졸업하고 서울시립병원장으로 재직하다 한국전쟁인 1950년 납북되었다.

1915(12세) 3월 24일 광주공립보통학교 졸업하다.

1916(13세) 4월 경성 휘문의숙에 입학했다가 배재고보로 전학하다.

1917(14세) 배재고보 2학년, 수학에 천재성을 발휘하다.

1919(16세) 모친 고광의 병환과 3·1절 만세운동의 발발로 학업을 중단하다.
겨울, 울산김씨 김회숙金會淑과 결혼하다.

1920(17세) 7월까지 배재고보에 재학하다가 학업을 중단
하다. 겨울 일본 동경으로 건너가 청산학원 편
입학 시험 준비를 하다.

1921(18세) 4월 동경청산학원 중학부 4학년에 편입학하다.
청산학원 중학부 5학년 재학 중이던 영랑 김윤
식을 만나 친교를 맺다.

1923(20세) 3월 청산학원 중학부를 졸업하다. 4월 동경외
국어학교(현 동경외국어대학) 본과 독어부에
입학하다. 1학기를 마치고 귀국 후 관동대지진
으로 인해 학업을 중단하다.
9월 10일 연희전문학교 문과 1학년 2학기 전
학하다. 이때 위당 정인보의 지도를 받으며 수
주 변영로, 윤심덕 등과 친교를 맺다.

1924(21세) 5월 최초의 창작희곡 「해피나라」를 연희전문
학교 교지 ≪연희≫에 발표하다. 9월 19일 연
희전문학교를 휴학하고, 첫 금강산 여행하다.

1926(23세) 주로 고향에 머물면서 문학수업을 하다. 창작
희곡 「말 안하는 시악시」가 연희전문학교 학
생극 대본으로 선정되어 공연되다.

1927(24세) 3월 15일 1년 6개월의 향리생활을 접고 상경
하다.
6월 7일 위병 악화로 세브란스병원에서 5일간
입원하여 치료를 받은 후 11일 퇴원하다.

6월 24일 함경남도 안변군 삼방약수터로 요양
여행을 떠나다. 23일간 요양하는 동안 화가 이
당 김은호를 만나다.
8월 19일 상경.
10월 1일 영랑 김윤식과 금강산 여행을 떠나
다. 갑작스런 위병 악화로 상경하다.
10월 11일 평동에 거처를 정하고 영랑과 함께
연말까지 지내다.

1928(28세) 2월 영랑과 함께 시 잡지의 출판에 대한 결정
적인 의논을 하다.
9월 배화 학생극 대본으로 창작 희곡 「석양」을
써서 공연되다.

1929(26세) 고향 소촌리에 머물면서 시작 및 영시, 독일시
번역에 전념하다.
「떠나가는 배」 「이대로 가랴마는」 「밤기차에
그대를 보내고」 「싸늘한 이마」 등이 이 시기에
쓰여지다.
9월 동생 박봉자의 이화여전 선배인 임정희와
서신을 주고받으면서 애정을 키우다.
10월 22일 영랑 김윤식과 함께 시 잡지 발간
을 실행하기 위해 상경하다. 10월 25일 정지
용을 만나다. 12월 10일경 위당 정인보, 수주
변영로 등과 만나다.

1930(27세) 3월 옥천동 자택에 출판사 시문학사를 설립하다.
3월 5일 시문학동인 김영랑, 정지용, 이하윤,
정인보, 변영로 등과 함께 ≪시문학≫ 창간호
를 발간하다.
5월 20일 ≪시문학≫ 2호를 발간하다.
가을, 견지동으로 이사하여 자택을 출판사 시
문학사 사무실로 병용하다. ≪시문학≫ 3호를
발간하려 했으나 원고 부족 등 여러 가지 사정
으로 발간이 늦춰지다.

1931(28세) 2월 숙부 상을 당하여 소촌리로 내려가 부인
김씨와 실질적으로 이혼하다. 가을, 이하윤과
종합문예지 발간을 계획하다.
10월 10일 ≪시문학≫ 제3호를 발간하다.
11월 1일 이하윤과 함께 종합월간문예지 ≪문
예월간≫ 창간호를 발행하다. 출판사명을 ≪시
문학사≫에서 ≪문예월간사≫로 바꾸다. ≪문
예월간≫을 통해 박용철의 문학세계가 시론
및 평론, 번역소설 등으로 확장되기 시작하다.
12월 1일 ≪문예월간≫ 제2호를 발간하다.

1932(29세) 1월 1일 ≪문예월간≫ 제3호를 발간하다.
3월 1일 ≪문예월간≫ 제4호 괴테 특집으로
발간하다.
3월 적선동으로 이사하다.
5월 20일 임정희와 결혼하다.

1933(29세) 7월 장티푸스로 병원에 입원하다. 박용철의 건
강이 나빠지기 시작하다.
8월 10일 아들 종달이 출생하다.
12월 4일 <극예술연구회>가 동인제에서 회원
제로 조직 개편되자 회원으로 정식 입회하여
기획부 간사를 맡아 극운동에 힘쓰다.

1934(31세) 1월 1일 ≪문학≫ 창간호를 발간하다. 1월 극예
술연구회의 기관지 ≪극예술≫을 창간하기로
하고 편집과 발행을 맡다.
2월 1일 ≪문학≫ 제2호를 발간하다. 봄부터
건강에 이상이 생기기 시작하다.
4월 1일 ≪문학≫ 제3호를 발간하다.
4월 후두결핵의 악화로 경성제국대학병원에 입
원, 중태 진단을 받고 1개월 동안 치료를 받다.
4월 18일 ≪극예술≫ 창간호가 발행되다.
12월 7일 ≪극예술≫ 제2호를 발행하다.
8월 차남 종일이 출생하다.

1935(32세) 봄 정지용과 김영랑과 함께 폐병으로 병석에
있던 임화에게 병문안 갔다가 돌아오는 길에
시집 발간의 합의를 보고, 지용과 영랑의 시집
발간 준비를 하다.
≪극예술≫ 제3호가 발행되다.
10월 27일 『정지용 시집』을, 11월 5일 『영랑시
집』을 발행하다. 이때 이하윤의 번역시집 『실
향의 화원』도 간행하다.

1936 (33세) 5월 12일 『영랑시집』 출판기념회를 개최하다.
5월 29일 ≪극예술≫ 제4호가 발행되다.
7월 3남 종률이 출생하다. 9월 29일 ≪극예술≫
제5호가 발행되다.
9월 박봉자가 평론가 김환태와 결혼하다.
가을, 사직동으로 이사하다. 영화에 상당한 관
심을 갖다. 겨울, 정지용, 이헌구, 구본웅 등과
문예지 ≪청색지≫ 발간 계획을 세우다.

1937 (34세) 1월 ≪청색지≫ 발간취지서를 문인들에게 발
송했으나 창간은 무산되다. 3월 아우 만철의
입학시험 응시를 기회로 한 달 정도 일본 경도
와 동경을 여행하다.
8월 강원도 통천군 송전해수욕장으로 여행하다.
가을, 정지용과 함께 금강산을 여행하다.
겨울 초부터 건강이 다시 악화되기 시작하다.

1938 (35세) 1월 부친의 병환 때문에 하향하였다가 하순경
병세가 위중하여 급상경하다.
2월 세브란스 병원에 입원하였으나 의사소통
이 불가능할 정도로 병이 악화되다. 3월 성모
병원으로 옮겨 치료를 계속하다.
5월 12일 오후 5시 서울 사직동 자택에서 후
두결핵으로 타계하다.
5월 15일 사직동 자택에서 영결식을 마친 후
전남 광산군 송정면 우산리 산 3번지에 안장되다.

〖한국대표명시선100〗을 펴내며

　　한국 현대시 100년의 금자탑은 장엄하다. 오랜 역사와 더불어 꽃피워온 얼·말·글의 새벽을 열었고 외세의 침략으로 역경과 수난 속에서도 모국어의 활화산은 더욱 불길을 뿜어 세계문학 속에 한국시의 참모습을 드러내게 되었다.

　　이 나라는 글의 나라였고 이 겨레는 시의 겨레였다. 글로 사직을 지키고 시로 살림하며 노래로 산과 물을 감싸왔다. 오늘 높아져 가는 겨레의 위상과 자존의 바탕에도 모국어의 위대한 용암이 들끓고 있음이다.

　　이제 우리는 이 땅의 시인들이 척박한 시대를 피땀으로 경작해온 풍성한 시의 수확을 먼 미래의 자손들에게까지 누리고 살 양식으로 공급하는 곳간을 여는 일에 나서야 할 때임을 깨닫고 서두르는 것이다.

　　일찍이 만해는 「님의 침묵」으로 빼앗긴 나라를 되찾고 잃어가는 민족정신을 일으켜 세우는 밑거름으로 삼았으며 그 기름의 뜻은 높은 뫼로 솟아오르고 너른 바다로 뻗어나가고 있다.

　　만해가 시를 최초로 활자화한 것은 옥중시 「무궁화를 심고자」(≪개벽≫ 27호 1922.9)였다. 만해사상실천선양회는 그 아흔 돌을 맞아 만해의 시정신을 기리는 일의 하나로 '한국대표명시선100'을 펴내게 된 것이다.

　　이로써 시인들은 더욱 붓을 가다듬어 후세에 길이 남을 명편들을 낳는 일에 나서게 될 것이고, 이 겨레는 이 크나큰 모국어의 축복을 길이 가슴에 새겨나갈 것이다.

만해사상실천선양회

한국대표명시선100 │ **박 용 철**

나도야 간다

1판1쇄 인쇄 2013년 2월 22일
1판1쇄 발행 2013년 2월 27일

지 은 이 박 용 철
뽑 은 이 만해사상실천선양회
펴 낸 이 이 창 섭
펴 낸 곳 시인생각
등 록 번 호 제2012-000007호(2012.7.6)
주   소 경기도 양평군 옥천면 고읍로 164
　　　　　㉤476-832
전   화 (031)955-4961
팩   스 (031)955-4960
홈 페 이 지 http://www.dhmunhak.com
이 메 일 lkb4000@hanmail.net

값 6,000원

ISBN 978-89-98047-26-9 03810

* 잘못된 책은 책을 구입하신 서점에서 교환하여 드립니다.

※ 이 책은 만해사상실천선양회의 지원으로 간행되었습니다.